色のない街

フクシマからあなたへ

藤島　昌治

はじめに　ヒロシマから藤島さんへ

高校生災害復興ボランティア派遣隊サポーター代表
日上《ひかみ》　雅義

「何もしてくれなくていい。来てくれただけでみんなホッとするんです」

二〇一三年三月、私は広島県内の中高生を引率して、当時南相馬市鹿島区の仮設住宅を初めて訪問しました。その時、生徒たちの「私たちに何かできることはありませんか」という問いかけに、藤島さんはこのようにおっしゃった。

それから六年間、広島市で発生した土砂災害のため中断期間が二度あったが、計一二回、のべ二〇〇人を超える中高生が南相馬市で活動をさせていただいた。

広島のソウルフードであるお好み焼きを焼き、一人暮らしのお年寄りのお宅を訪問して換気扇や窓ガラスを清掃し、仮設住宅に隣接する花壇に広島県竹原市で焼かれたレンガ一五三六個を運んで花壇整備のお手伝いをし、皆様方と楽しく交流させていただきました

「家族と離れ離れになって、お年寄りはみんな寂しがっています。わざわざ広島から来てくれてありがとう」と、自治会長としてお年寄りの皆様方の声を代弁するように、藤島さんから感謝の気持ちをいただきました。藤島さんはいつも笑顔でした。実はそれが藤島さん自身の切実な思いでもあったということを、私たちは藤島さんのこれまでの詩集を読んで初めて知りました

「昔から東北の人たちは〝粘り強い〟とか〝おとなしい〟などと言われました。あまり人のせいにはしません」という藤島さんから、政府や行政、東電への批判をほとんど聞くことはなかった。藤島さんの詩に描かれた長い避難生活の苦しみ、やりきれなさ、時には一輪の花咲いたような喜び、悲しみ…。詩にはど

んな表現にもまさる力強く骨太の批判精神があった。いま生徒たちは藤島さんから学んだ多くのことを心の糧に、それぞれの道を歩み始めている。

色のない街

フクシマからあなたへ

目次

八年目の春

何処へ行こうか
どうしようか　と
しばらく途方にくれた
避難解除から
二年が過ぎた

東電の賠償金で
家が建つ訳もなく

茨城との県境に近い
古民家へ辿り着く

コンビニの弁当に
カップのみそ汁
ひとり
虚ろに過ごす日々は
仮設の四畳半から
古民家へ移っただけの
何の変りもない
避難の延長に過ぎない

誰が待っている訳でもなく

不気味な様の静寂は
閉塞された檻の中の如き
孤独である
震災で痛めつけられた傷は
癒えることもなく
いたずらに時が過ぎる
これを復興と言えるのだろうか

楽しくもなく
嬉しくも悲しくもなく
恨んだり
怒ったりもなく
気力も意欲も萎えるばかり

煙草は吸わない
賭け事もせず
お酒もやめた
もう　何もすることがない

東電のせいだ　とか
国が悪い　とか
騒ぎたてるのも疲れた
諦らめを引きずりながら
とぼ！とぼ！と
繰り返すことだけが
残された

あの時　もしも

逃げろ
逃げろ
速く
できるだけ遠くへ
放射能に驚いて
着のみ　着のまま
逃げた

突然の出来事に
成す術もなく
踠《もが》いて
喘《あえ》いで
翻弄《ほんろう》されて
怖《おじけ》づいて
曖昧《あいまい》さだけが残る

あの時もしも
避難がこんなに長く続く　と
気付いていれば
他人《ひと》のせいとはいわないが
いたずらに

除染が終れば
直ぐにでも
元の生活《くらし》に
戻れそうな事を
真に受けていなければ
苦しさを増幅し
延び延びになった日々を
彷徨《さまよう》こともなかった

あの時　もしも
そう思うのは
ボクだけなのだろうか

おぼろげながら

あの時（三・一一震災）
一〇年後の小高が
どうなって　いるのだろうかと想像《おも》った

ボクの中で復興は
原発をコンクリートで覆《おお》い
石棺して
ひとたび事故が起きれば

二〇kmの圏内には
人が住めないという教訓としたかった
しかし　人々は
先祖代々とか
お百姓が好きだ　とか
ここで漁師をしたいとか
理由にならない理由で
戻って来た
それは　それでいい
愛着はそれぞれで
よく判る

一万三〇〇〇人だった町が

八年半を過ぎて三八〇〇人程になった
半分は　元の町の人で
残りは　ボランティアで来ていた人が
そのまま残ったり
廃炉の作業員だったりする
子供達は　七〇〇人位いた小学生が
六八人とかになった
年寄りの町である
それが復興というのなら
それは　それでもいい
元の町とは違う
別の町ができつつある
ボクにも

おぼろげながら見えてきた

一、〇〇〇ベクレル

金木犀の香りが広がって
きの子採り名人の季節がきた
待ちかねていた
ボクの友も
いそ　いそと里山へ出かけた
狙うはこの辺では、猪《いの》の花《はな》（香茸）と云って
松茸と肩を並べる一品
干し椎茸のように

千切りにして乾燥したものを
炊き込み御飯にすると
絶品である
自分の城を持っている友は
予想通り　段ボール二箱の香茸と
松茸を五〇本程　採ってきた
ところが
放射線を計ったら
一、〇〇〇ベクレルを超えた
七年も過ぎたのに
改めて　原発の恐ろしさを知る
勿論　きの子は
里山にかえしてきた　と云うが

避難解除の後に
地元で暮す人は
家庭菜園などで
野菜を造っているが
本当に　大丈夫なのだろうか
文化交流館ができた
幼稚園ができた
色んな施設ができて
復興が進んだと
喜んでいるが
果たしてそれを
復興と言うのだろうか

シェアハウス始末記

原発事故の
避難解除の時が近づいて
爺さんも婆さんも
右往左往する
仮設住宅

困り果てて
誰かれとなく

「どうする」
「何処へ行けば」と
計り知れない
悩みが行き交う

たまりかねて
待ってろ！
「シェアハウス」を造ってやる　と
力《りき》んで
視察だ
署名だ　と
駆けずり回り

請願や陳情を
繰り返し
果ては
新聞やなんかにも取りあげられ
市議会でも採択された
それでも
「シェアハウス」は
期待を裏切った

後は　民間の力を
頼るしかないと
果敢《かかん》に挑んでもみるが
多くの支援を受けながらも

結局のところ
徒労に終る
爺さんも婆さんも
「もう　いいよがんばったよ！」と
慰めてくれて
チリヂリに仮設を去った

年寄りたちの事を
案じながらも
申し訳なさだけが残った

ボクは一人
古民家で

「ウエルカムホーム・心長閑《こころのどか》」と決めて
いわゆる
陽だまりの住人となった

泣けばいいさ　笑えばいいさ

辛かったね
泣けばいいさ
苦しかったね
泣けばいいさ
我慢なんかするな
泣けばいいさ

それでも　悪いことばかりじゃないさ

嫌なことも
過ぎてしまえば
楽しいことさ

笑えばいいさ
嬉しいこともあるさ
夢や希望だってあるさ
笑えばいいさ大きな声で
悲しかったら
泣けばいいさ
泣けばいいさ　笑えばいいさ

ノートパソコンを買いました

一念発起した訳ではありません
惚け防止にでもなればと
軽い気持ちでパソコンを買いました
七三歳です
買ったから　と言って
惚けない訳がないことは
充分　承知しています

まずは　初心者用のテキストを買いました
開いてみましたが
何が何やら
全く理解できません
とても　憶えられそうもありません
教えてくれる人もいません
これでは
続けられるかどうかもわかりません
それでも
気の向いた時に
説明書を眺めたり
「マウス」とか
「キーボード」とかに

触わるだけでも
気晴らしになるかも　と

上手くいかなくても
それは　それでいい
老いを慰さむるものに
なるかもしれない　と
夢をみる

一年も過ぎて
もしかして
文字が打てるようになったら
いつも応援してくれた

あなたに
手紙を書こう

手がそぞらしねぇ！

手が何かを欲している
何かを探しているような
何かをつかもうとしているような
ボクにも全くわからない
闇の中
右の手だけが
もどかしく
気弱に

蠢《うごめ》いている

セレモニー

ひとりぐらしの
パーキンソン病を
患っている姉に
少し元気になったら
付けてあげようと思っていた
BSのアンテナを
無理をして
脚立の昇り降りを繰り返し

やっとの思いで取り付けた
入院する前日のことである
無謀と言うしかない
その姉が
息子に連れられて
見舞いに来た
不自由な身体で
身の回りの用意をしてきてくれた
しばらくして
ＢＳはどうと聞くと
「韓ドラ」が見られたと笑った
帰る段になって
息子に促がされても

なかなか　椅子から立ち上ろうとしない
何度か促がされて
やっと立ち上ったが
じっとボクを見て
長い沈黙が過ぎた
別れのセレモニー
だったのだろうか

片道切符

体調を崩して
病院へ行った
何でも　肝臓から出る
胆汁のような物の管が
閉塞しているとのことで
内視鏡の手術となった
無事に終えて
重湯なんかも

食べ始めて
少し元気が出るかな　と思ったら
すい臓癌の宣告を受けた
それが肺にも転移して
レベル四だと言う

それは　予想外のことで
まさか　切符が片道だったなんて
まぁ！　それは　それで
人生　こんなものだと
これで良いのだと
破天荒で
やりたい放題の人生は

過ぎてしまえば
辛かったことも　しんどかったことも
楽しいものだ
あまり悔いのない人生を
送れたことを嬉しく思う
一人　ひとり　手を握りしめ
お別れと
お礼を言いたいが
纏《まと》めて　ありがとう
本当に良い人生だった
みなさんのおかげです

敗北宣言

恐れ入りました
ボクの敗けです

君　原子力発電は
大手企業の支援を受け
政府をも味方につけ
中小企業　農業　漁民者をも巻き込んで
電力需要の大義名分に

錦の御旗を押し立てて
ボクに戦いを挑んできた

ボクは　脱原発　廃炉を目指して
果敢に戦った
デモ行進や集会など
人数を武器に応戦し
時には
裁判など
ボクは三・一一大震災の原発事故を
千載一遇のチャンスと捉え
反撃に転じたのだが

君の力には叶うはずもなかった
敗けたからと言って
決して　君を恨んだり
憎んだりはしていない
錦の御旗は　それなりに
地方産業の雇用など
一定の役割を果したことも
潔く負けを認め
それにしても
原発事故後に　君の放った
ストレスの強烈な一撃には
まいりました
ボクは　肝臓ガンという

とてつもない
ダメージを受け
更に　ネガティブと言う
この矢　三の矢は
ボクの胸を貫き
肺ガンを併発し
見事と言う他はない
それは　正に
君の勝利の象徴のようなもの

ボクは　ここに敗北を宣言します
例えば　仮に
ボクが勝利したとしても

それは　希望のない希望に向う
ただ　それだけのことなのだから

鶴を折っています

鶴を折っています
子供達のみらいに向って
鶴を折っています
戦争のない
明るく　伸びやかな
時代になりますように　と
鶴を折っています

広島や長崎に
原爆が投下された日のことを
思いつつ
核兵器を使用するな
廃絶せよ　と
鶴を折っています

戦後　七〇年が過ぎて
未だ
米軍の基地から
逃れられない
沖縄を思って
辺野古の海を返せ　と

鶴を折っています

原発の放射能で
汚染された
福島の空を見上げ
原発をやめろ
再稼働を赦《ゆる》すな　と
鶴を折っています

折っても　折っても
とても　足りそうにありません
ひたすらに掌を合せても
思いが伝わりそうにありません

祈ります
願いが届きますように　と
子供達の未来が
希望に満ち満ちたものに
なりますように　と
鶴を折っています

あなたへの手紙

金木犀の香りが届いて
栗もはぜ
彼岸花が咲き
秋　盛りです

おげんきですか
いつも　いつも応援してくれて
優しくしてくれて

ありがとう
残念ながら
ボクは
体調を崩《くず》してしまいました
阿弥陀様が
もう　こっちに来なさい　と
言って下さったので
逝く事にしました
あなたのお陰で
本当に楽しい人生だった

お礼の一ことも
言わないで
逝きますが
明るく
見送って下さい
どうぞ　身体を大事に
ボクの分も
長生きして下さい

いい　人生だった
ありがとう
さようなら

思い出

「田舎のバスは　オンボロ車♪
タイヤはつぎだらけ　窓は締らない♪」
声　高らかに歌いながら愛車は　走る
助手席のカメラマンは
あまりの音痴に　ゲラ！ゲラ！笑う
山道にさしかかると
道の両側にフレコンバックの山

途端にカメラマンの目の色が変わる
僕にはもうみなれた場所
フレコンバックの山へ向かって
シャッターを切る

海岸線の方へ向かうと
津波の被害にあった
請戸小学校の方から
海岸沿いに
東電の建物が見える
東電に対する怒りなのか
カメラマンは怖い顔をして
何度も　何度も

シャッターを切りつづけている
やがて　役目を終えて
愛車プリウスは
無事　仮設住宅へ戻った

銀杏

夢の中より

何が始まるのだろう
大勢の人が集まっている
「さよなら原発　栃木アクション」の大会
宇都宮の城址公園は
二〇〇〇人の人　人　人
大会前のアトラクションで賑わっている
音楽や子供達の声も聞こえる
大会が始まると

ボクも一〇分程
スピーチの時間があって
詩を一篇
大会宣言後は
シュプレヒコールを繰り返し
市内を二km程行進する

何故　原発のない栃木の人が
こうした運動を続けているのに
「フクシマ」にはないんだろう　と不思議に思う
街路樹は黄色に色づいて
銀杏の過ぎ行く
秋の香りがします

鉢植の花

パンジー・プリムラ・ビオラ・さくら草
ボクの七三歳の誕生日に
花を贈ってくれた人がいます
二月の花の少ない時期に
ボクが小さなお花が好きな事を
忘れずに憶えていてくれて
鉢植の小さな花が
いっぱい　届きました

部屋中が
お花畑のようで
御機嫌です

とりたてて
思いやりがある訳でもなく
特別に何かが出来る訳でもない
何の取り得もないボクを
温かく見守り続けてくれて
ありがとう

オカリナ

九州で熊本城の石垣が崩れる　という
大きな地震があった
すぐに　東日本大震災の
大混乱が蘇る
熊本では　町中が
大パニックに陥っている
何かをしなければ　と思っているところに
栃木の友人から

情報がきた
友人の親戚のところが
大きな被害を被った
直ぐに救援物資を　と思ったが
とりあえず
わずかな義援金を送った

熊本では　途方にくれる家族
中でも　父親は
ひどく衝撃を受けたらしく
徘徊老人のようになった
困り果てた家族は
介護施設へ入れる話をしている時に

義援金が届いたらしい
それを見た父親が
ポツリ！と一言
「オカリナ」を買ってもいいかな　と
もともとオカリナ音楽の
好きだった父親が
すっかり　元気を取り戻した　と
便りがきた
嬉しかった

負けるな熊本

遠い日

今は　亡くなってしまったが
優しくしてくれる方で
白江和光さん　と言う
絵描きさんが居た
毎年　銀座・松坂屋で
個展を開いていた
ある日　自宅へ招かれて
アトリエで沢山の作品を

見せていただいた
その中の一枚に
怖い鬼の面のような
恐ろしい化け物の顔のような
「ごんずい」と書かれていた物があった
何のことかと尋ねたら
自画像だと　言う
自分の心の醜さを
絵描いたものだと云う
まだ　修行が足りないのです　と
笑っていた
良くできた方で
親鸞上人のお話をしてくれた時に

他力本願というのを聞きました
全く　理解不能で
解らないままでいましたが
今頃になって
大まかに言う　と
人は　一人では
生きてゆけない　と言うことを
教えてくださったのだ　と
思うようになった

三匹の子ぶた

あれから　もう何年になるのだろう
決って毎月一日に
絵本を贈ってくれる
ボランティアさんがいます
七三歳のボクには不釣り合いな
美人で　気立ての良い人です
静岡で幼稚園や保育園の
仕事を手伝いながら

未来の子供達のために　と
子供食堂をしている　と聞いていています
本当に頭が下ります

仮設住宅に居た頃から
炊き出しに来て以来の
お付き合いです

ボクは　絵本も大好きで
ほのぼのしたり
しみじみしたり
時には
自分で買ったりもします

今月の絵本は
「三匹の子ぶた」でした
今　会いたい人の一人です
さよならを云うのは
簡単だけれど
さよならの代りに
癌なんかに病気なんかに
負けるものか
負けてたまるか
まだまだ　がんばります　と
笑顔で手を握りしめ
ありがとう　と言いたい

オリンピック

あの日　あの時
東京オリンピックの
開催が決まった日
日本中が湧きかえり
「おもてなし」の流行語が
新聞紙面を飾った
喜ばなければならないはずが
虚ろな気分になったことを

憶えている

何が　オリンピックだ
原発や　フクシマは
どうなる
東電を憎んだり
恨んだり
怒りが身体中をつきぬけた
時が過ぎて
恨み　つらみも薄れて
今は　ただ
震災のことを
思い出すこともなく

極く　当り前の
普通の生活《くらし》をしたい　と
思うようになった

いよ　いよ
オリンピックは
来年に迫って
日本中は　準備や
話題で忙しい
今度の主役達は
あの時まだ小学生や中学生だった子供達だ
日本人選手の活躍も
期待したい

世界は　一つ
平和の祭典
オリンピックが見たいな

ありがとうしか言えない

会いに来てくれて　ありがとう
手を握ってくれて　ありがとう
いつも力になってくれてありがとう
いつも優しくしてくれてありがとう
一緒に笑ってくれてありがとう
一緒に泣いてくれてありがとう
いつも応援してくれてありがとう
ありがとうしか言えない

ありがとう

おわりに

藤島 昌治 代筆 臨床心理士

相馬 勉

この詩集を書かれた「藤島昌治」さんは、現在病に伏されて、闘病生活を余儀なくされております。

あとがきをする体力がご本人にない中、震災後から一緒に活動を共にした藤島さんから「あとがき」を託されました。

私があとがきを書くことをお許し下さい。

二〇一一年三月、フクシマ第一原発が水素爆発を起こし、二〇km圏内を警戒区域に設定して、住居者を強制的に退去させました。国は退去を命ずる際、何ら避難する場所を確保するわけでもなく、単に退去を命じるだけの強権発動を行使しました。

そのような想像を絶する困難の状況下、藤島さんは、当時先が全く見えない絶望の中、多くの方々、また弱者に寄り添い避難場所を何か所も変え、新潟三条市から二〇一一年一〇月末に南相馬市鹿島区・塚合第二仮設住宅に入居され、五年間自治会長として奮闘されました。

ご本人も仮設住宅では、四畳半の狭い空間で過酷な生活を余儀なくされました。

自治会長として仮設住宅の方々が少しでも心が穏やかに安らぐように、となりの農地を借りて、藤島さんご自身の手作りで子どもたちの遊具をつくり、癒しとなるようヤギを飼われていました。どれほど引きこもりがちになる仮設住宅の方々の心の拠り所になったか、計り知れない尊い活動をされてきました。

少しでも引きこもりになりがちな方々へは、適切な声掛けをなさり、仮設住宅に住む方々一人一人の健康状況を的確に把握なされておられました藤島さんの自己を顧みず、住民の皆様に寄り添う姿には、私は深い敬意と尊敬の念を抱いておりました。

仮設住宅を出なければいけない時期、どこにも行く宛てのない住民の方々が大勢いる中、シェアハウスの創立のため、全国に署名活動を呼びかけられ一万人以上の署名を集められました。

あってはならない原発事故から八年八カ月が過ぎようとしています。

その間、国の大臣からフクシマを更に苦しめる発言が相次ぎました。「原発事故で一人もお亡くなりになった方はいない」の発言の根拠はどこにあるのか、現実、震災関連死は南相馬市では突出して多く、五〇八名にも及びます。また「東北で震災が起きてよかった」等、人として信じがたい発言が相次ぎました

藤島さんは、原発事故へ自分の想いを詩集にしたため、果敢に戦いました。

しかし、東京電力の巨大な力には勝てませんでした。

復興が進んでいる報道ばかりです。フクシマの真実を発信しつづけなければ本当の復興は得られません。

フクシマ県民は生業を失い、お店を失い、住む家を失い、お金を失い、友人を失い、大切な家族を引き裂かれました。

藤島さんの今の願いは「ぼくに一〇年ください。フクシマがどうなったのかを確かめたいのです」

最後に、絶えず励ましていただいたボランティアの皆様方、ご支援を賜りました多くの皆様方、この最後となる詩集の発行にあたり、ご尽力いただきました遊行社の本間千枝子さん、写真家の菊池和子さん、藤島昌治さんに代わりまして、深く御礼申し上げます。

皆様方、ありがとうございました。

これからも、藤島さんの意思を重く受け止め、フクシマの本当の復興のために活動をしていく所存です。

藤島　昌治（ふじしま　まさはる）

1946年満州に生まれる。1970年より福島県に在住。

1992年、地域の大人と子どもの体験の場「きまぐれ大学」（任意団体）学長。

2011年3月11日、東日本大震災による原発事故で新潟三条市に避難。同年10月末、南相馬市鹿島区仮設住宅入居、自治会長となる。以後仮設住宅で全国のボランティアに支えられ数々の催しを行う。著書に『仮設にて　福島はもはや「フクシマ」になった』『長き不在』（詩集・遊行社）。

2016年７月12日小高区避難指示解除。ほぼ同時期に福島県東白川郡塙町に移り住む。2019年７月発病。

色のない街

フクシマからあなたへ

2019年12月1日　初版第1刷発行

著　　者　藤島　昌治
発行者　本間　千枝子
発行所　株式会社遊行社

〒160-0008　東京都新宿区四谷三栄町 5-5-1F
TEL　03-5361-3255　FAX　03-5361-1155
http://yugyosha.web.fc2.com/
印刷・製本　モリモトト印刷株式会社

ISBN978-4-902443-51-6

【藤島昌治詩集】

仮設にて

福島はもはや「フクシマ」になった

藤島 昌治・詩

四六判・128頁　本体 1,300円＋税

［2014年8月刊行］　ISBN978-4-902443-28-8

東日本大震災から３年、今なお仮設住宅での生活は続く。劣悪な環境のなか、体調を崩す人、うつになっていく人、命を絶ってゆく人、その日々を綴る。全40篇収録。

At Kasetsu

Our Temporary Housing

藤島 昌治・詩 ／ 榊原利恵・訳

Ａ5変型判・152頁　本体1,800円＋税

［2015年4月刊行］　ISBN978-4-902443-31-8

仮設住宅で暮らす人々の現実を、世界中の人に知ってもらいたい―。『仮設にて』の待望の英語版。

（日本語対訳付）

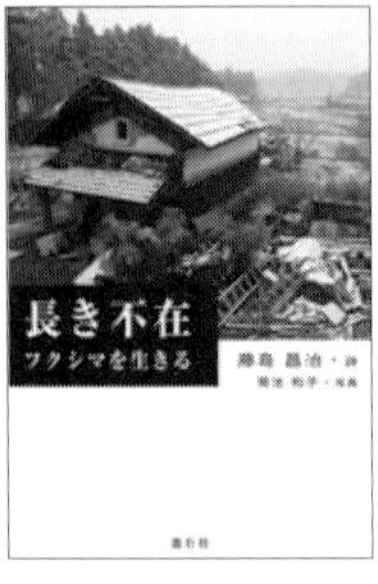

長き不在

フクシマを生きる

藤島 昌治・詩 ／ 菊地 和子・写真

四六判・144頁　本体1,500円＋税

［2016年3月刊行］　ISBN978-4-902443-36-3

原発災害の悲惨さは、５年を過ぎた今なお、先の見えない、果てしない苦難を抱えて…。全35篇収録。